AF372584

VENTE

Du Samedi 28 Mars 1914

HOTEL DROUOT, SALLE N° 8

A DEUX HEURES

OBJETS D'ART

D'EXTRÊME-ORIENT

COMMISSAIRE-PRISEUR

M° GEORGES TIXIER

EXPERT

M. ANDRÉ PORTIER

CATALOGUE

DES

OBJETS D'ART

D'EXTRÊME-ORIENT

Céramique, Bronze, Émaux

PEINTURES CHINOISES

ÉTOFFES

Armures, etc.

DONT LA VENTE AURA LIEU

HOTEL DROUOT, SALLE N° 8

LE SAMEDI 28 MARS 1914

A deux heures

Me GEORGES TIXIER	**M. ANDRÉ PORTIER**
COMMISSAIRE-PRISEUR	EXPERT PRÈS LE TRIBUNAL CIVIL
45, rue de la Chaussée-d'Antin	24, rue Chauchat

Chez lesquels se distribue le présent Catalogue

EXPOSITION PUBLIQUE

Le Vendredi 27 Mars 1914, de 2 heures à 6 heures

CONDITIONS DE LA VENTE

Elle sera faite au comptant.

Les adjudicataires paieront *dix pour cent* en sus des enchères.

Paris — Imp. de l'Art, Ch. Berger, 41, rue de la Victoire.

DÉSIGNATION

OBJETS DIVERS

1 — Deux petites figures en poterie de Satsuma, représentant des « oiran » en promenade.

2 — Deux petites gourdes, de forme aplatie, en porcelaine bleu et blanc.

3 — Bouteille en porcelaine japonaise, à décor fleuri .

4 à 20 — Un lot important de petites pièces en poteries mexicaine et grecque. (Sera divisé.)

21 — Groupe en pierre de lard, représentant les huit immortels, Pa' hsien.

22 à 24 — Cinq masques en bois sculpté, représentant des types variés. (Seront divisés.)

25 — Un joli masque de vieillard en bois laqué brun.

26 — Cabinet en laque du sud de la Chine, à décor de personnages.

27 à 30 — Une collection de gardes de sabre. (Sera divisée.)

31 — Deux sabres.

32 - 33 — Un lot de livres illustrés japonais. (Sera divisé.)

34 — Petite figure d'Amida sur le lotus, en bois sculpté et doré.

35 — Très joli fukusa en satin, brodé en polychromie sur fond bleu de deux shojo près d'une urne de saké.

36 — Autre fukusa de satin bleu, brodé de deux grues.

37 à 49 — Un lot de petites figures en poteries grecques et romaines. (Sera divisé.)

50 à 55 — Un lot de petites pièces en bronze. (Sera divisé.)

56 — Très joli petit canard en ancien émail cloisonné, à fond blanc.

57 à 60 — Un lot de petites pièces diverses. (Sera divisé,)

61 — Deux porte-pipes en ivoire sculpté et gravé.

62 — Vase, en forme d'une boule arrondie, en émail de Canton, à décor de dragons dans les flots. XIXe siècle.

63 — Petit brûle-parfums tripode en émail de Canton, décoré de deux scènes à paysages avec personnages hollandais. XIXe siècle.

64 — Bonbonnière formant garniture avec le brûle-parfums précédent. XIXe siècle.

65 — Vase de décor similaire aux numéros précédents. XIXe siècle.

66 — Trois soucoupes en ancien émail peint de Canton. XVIIIe siècle.

67 — Groupe en ivoire de morse sculpté, représentant un bûcheron et deux enfants. Signé : *Tashinsai.*

68 — Porte-carte en ivoire, décoré d'un médaillon représentant un chasseur.

69 — Porte-monnaie en ivoire, décoré de rinceaux en argent.

70 — Tabatière en cristal de roche, joliment
sculptée en relief d'un personnage regardant
une chauve-souris et d'un motif fleuri.

71 — Tabatière en agate brune sculptée d'un
singe et d'un oiseau.

72 — Tabatière en jade gris uni.

73 — Tabatière en porcelaine bleutée, à décor
fleuri.

74 — Une paire de lunettes de mandarin.

75 — Deux salières en métal argenté : un passe-
thé et un manche d'ombrelle.

76 — Une râpe à bétel.

77 — Bonbonnière en bois, décorée d'une scène
peinte dans le style du xviiie siècle.

78 — Un nécessaire en métal argenté.

79 — Une boîte complète d'encre de Chine.

80 à 85 — Un lot de onze écrans divers, ornés
de peintures variées. (Sera divisée.)

86 à 90 — Un lot de six cannes diverses. (Seront divisées.)

91 à 98 — Un lot d'albums de peintures diverses : fleurs et oiseaux, paysages, etc. (Sera divisé.)

99 — Un grand plateau en bois naturel incrusté de nacre. Travail tonkinois.

100 — Deux coupes en ivoire entièrement ajourées de motifs fleuris.

101 — Deux grands vases en ivoire offrant un travail similaire.

102 — Bouddha du Siam en bronze doré : devant la divinité assise, se prosternent deux animaux dont un éléphant offrant un joyau sacré.

103 — Bouddha du Siam en bois sculpté et doré, incrusté de nacre.

104 — Deux Kriss malais.

105 — Deux très intéressantes peintures sur soie. Thibet, XVIIᵉ siècle.

106 — Une flûte en bambou gravé.

107 — Une pipe à eau.

108 — Armure complète de soldat en laque et passementerie : masque et casque en fer aux armoiries des daymio. xviii° siècle.

109 — Armure complète de soldat en laque et passementerie : jambière en fer, casque laqué aux armoiries de la famille de Mori. xviii° siècle.

110 — Pipe à eau avec fourneau en émail cloisonné. xix° siècle.

111 — Autre pipe à eau, à fourneau en galuchat; monture en cuivre.

112 — Boîte à mets, à trois compartiments, en nashiji, décorée en makiye divers d'éventails sur un courant sinueux. Début du xix° siècle.

113 — Tobakobon en bois sculpté et ajouré d'oiseaux et de motifs fleuris. Garniture et hibashi en métal argenté offrant un décor similaire.

114 — Une paire de vases en terre de Satsuma, décorés, par *Kinkozan à Kyoto*, de scènes de guerriers.

115 — Une paire de vases-pitong en ivoire très
finement fouillé de scènes à personnages.
Canton, xixe siècle.

116 — Une paire de petites chimères en porcelaine turquoise. xixe siècle.

117 — Vide-poche en bois sculpté et incrusté de
nacre. Tonkin, xixe siècle.

118 — Une paire de bouteilles piriformes en
porcelaine blanche décorée, dans le style de
Yungching, de bouquets fleuris.

119 — Crachoir en porcelaine, décoré de bouquets fleuris.

120 — Figure de Fukurokujiu en grès émaillé.

121 — Porte-pinceaux en bambou sculpté d'un
paysage.

122 — Petit brûle-parfums en bronze gravé de
motifs divers. Couvercle en bois sculpté.

123 — Deux cachets en bronze formés d'une
base cubique surmontée d'une petite chimère.

124 — Deux petites bouteilles en émail cloisonné japonais, à décor d'oiseaux et de
fleurs.

*

125 — Deux autres bouteilles, de décor similaire.

126 — Statuette en grès émaillé, représentant
une jeune femme accroupie, un éventail à la
main.

127 — Kakemono sur soie : Jeunes femmes fai-
sant flotter des coupes à saké. Signé : *Shin-
sui*. XIXᵉ siècle.

128 — Nécessaire complet pour le riz, avec garniture de galuchat.

129 — Pipette japonaise à garniture de cuivre
ciselé.

130 — Poignard à fourreau en os sculpté d'un
crocodile.

131 — Boîte rectangulaire en ivoire de Canton
sculpté de personnages dans l'intérieur d'un
temple.

132 — Okimono en bronze : mille-pattes, arti-
culé.

133 — Deux petits pots à thé en porcelaine de
Chine, à décor de fleurs et d'oiseaux. XIXᵉ
siècle.

134 — Brûle-parfums en poterie de Ninsei, imitant une pochette fermée. Cachet *de Ninsei*.

135 — Natsumé en émail cloisonné, à décor de motifs géométriques stylisés. xixe siècle.

136 — Petit bol à riz en porcelaine blanche marbrée, à décor de poésies. Cachet *Kien-lung*.

137 — Deux bols de couverte verte, décorés en émaux noirs de fleurettes variées. Cachet *Kiaking*.

138 — Brûle-parfums en bronze, représentant un paon la queue déployée.

139 — Reliquaire thibétain en bois sculpté et doré, orné de figures de Donalabalar. xviiie siècle.

140 — Petit bouddha thibétain en argent plaqué sur bois.

141 — Inro à quatre cases en bois laqué d'or, à décor de paysage maritime. Netsuké. Bouton en corne.

142 — Petit vase quadrilatéral, de forme aplatie, à décor de papillons et de fleurs.

143 — Netsuké en ivoire et bois : crabe dans une coquille d'awabi.

144 — Ivoire : rat sur une pousse de bambou.

145 — Grand bandeau de théâtre en satin rouge brodé et décoré en applications diverses de caractères et de motifs à chimères et à fleurs. — 3 m. 5o cent. sur o m. 65 cent.

146 — Panneau de soie orangé brodé en polychrome de Cheou-lao, le dieu de la longévité.

147 à 15o — Un lot de gardes de sabres.

151 — Brûle-parfums, de forme rectangulaire, en porcelaine japonaise de Kaga (Kutani). Ce couvercle est surmonté d'une chimère.

152 — Six tasses et leurs soucoupes en terre de Satsuma, décorée, par Kinkozan à Kyoto, de scènes à personnages.

153 — Sucrier d'une fabrication similaire, décoré sur fond bleu de personnages variés.

154 — Pipe à opium en bambou avec monture argentée et joli fourneau en grès de Sun-chuen.

155 à 157 — Trois panneaux en velours épinglé,
à décor de paysages maritimes.

158 — Fusil à mèche avec incrustations diverses
de cuivre et d'argent, à décor fleuri. Souhait
à la base du canon. Japon, xviiie siècle.

159 — Ivoire : Bœuf accroupi. Signé : *Minsai.*

160 — Ivoire : Enfant et tortue minogame.

161 — Ivoire : deux pièces de Canton : Personnages sous les pins.

162 — Lance de cortège à trois pointes ; monture en bronze doré ciselé de dragons.

163 — Lambrequin doré, à décor de fleurs et de
papillons.

164 — Douze tabatières en verre, décorées intérieurement de jolies scènes variées.

165 — Cinq tabatières en porcelaines diverses
dont une décorée en relief des cent enfants.

166 — Trois tabatières.

167 — Deux brûle-parfums-tripodes en émaux
cloisonnés chinois, décorés dans le style des
Ming, sur fond turquoise, de chrysanthèmes
stylisés.

168 — Autre brûle-parfums, de forme et de décor similaires, mais sur fond blanc.

169 — Deux vasques-tripodes en émaux cloisonnés chinois, offrant un décor similaire.

170 — Deux vasques-tripodes en émaux cloisonnés chinois, décorées dans le style des Ming, de chrysanthèmes stylisés. Deux anses détachées, ciselées de salamandres.

171 — Deux petites coupes en émail cloisonné.

172 — Quatre grands bols, à décor fleuri, en émail cloisonné.

173 — Quatre petites bouteilles en émail cloisonné.

174 — Deux cadres en bois naturel finement sculptés et ajourés de motifs fleuris.

175 — Petit bouddha en bronze.

176 — Album contenant des peintures sur mica, représentant les diverses divinités du culte hindou.

177 — Coffret en porc-épic.

178 — Vide-poche en bois incrusté de nacre. Travail tonkinois.

179 — Deux coupes en porcelaine de Nabeshima.

180 — Bol, légèrement déformé, en poterie à couverte noire, décoré en or, argent et laque rouge, d'armoiries diverses. Cachet de *Ninsei*.

181 — Bol, de forme quadrilatérale, à couverte craquelée grise, décorée en émaux bleus et verts de branches d'hortensia. Cachet.

182 — Bol, de forme cabossée, à décor de chevaux et d'armoiries. Cachet.

183 — Bol, de forme arrondie, à couverte crème. Signature : *Kosaï*.

184 — Bol en poterie moderne, garni d'une très jolie couverte noire.

185 — Bol en poterie brun rouge, à surface granitée.

186 — Bol en porcelaine céladon de Seiji, à décor de papillons.

187 — Vide-poche, de forme irrégulière, décoré dans le style de Kenzan.

188 — Deux bols chinois en porcelaine craquelée, décorés en polychromie de scènes des Pa'shien. Époque Tungché.

189 — Bol en porcelaine céladon, décoré intérieurement d'un dragon stylisé en émaux bleus. Chine, fin xviiie siècle.

190 — Bol japonais à jolie couverte bleue, à reflets métalliques.

191 — Bol en porcelaine cloisonnée, à décor de fleurettes. Vers 1830.

192 — Bol couvert, à décor fleuri polychrome sur fond bleu. Chine, xixe siècle.

193 — Bouteille, en forme d'un taïko, en grès rouge de Bizen.

194 — Bouteille, de forme quadrilatérale, en porcelaine céladonée de Seiji.

195 — Verseuse en poterie crème craquelée décorée en métaux bleus de dragons et d'oiseaux.

196 — Brûle-parfums en poterie céladonée, de Seiji.

197 — Kogo en poterie céladonée, représentant un bœuf accroupi.

198 — Boîte à parfums, de forme rectangulaire, en poterie céladonée, à décor de dragons, en camaïeu.

199 — Groupe en poterie, représentant un coq sur un taïko.

200 — Vase en forme cabossée, à décor fleuri.

201 — Bouteille arrondie en porcelaine Kutani. Signée : *Kutani Bunyedo*.

202 — Boîte tubulaire couverte, à décor fleuri.

203 — Quatre petits tchaire à glaçure partielle.

204 — Boîte à fard en porcelaine de Kutani. Chimère stylisée.

205 — Figure en poterie partiellement émaillée.

206 à 209 — Un lot de petites pièces en porcelaines diverses.

210 — Brûle-parfums en porcelaine brun rouge mouchetée argent.

211 — Un étui à lunettes, en galuchat. xviiie siècle.

212 — Miroir à main formé d'un miroir en bronze ciselé de bambous et de cigognes, et d'une monture en cuir gaufré et polychromé. Inscription : *Tenkichi Matsumura Inabanokami Shigemachi.*

213 — Presse-papiers en jade vert à taches de rouille, en forme d'un citron digité.

214 — Joli pendentif en jade ajouré d'un caractère de longévité et de chauves-souris.

215 — Anneau aplati en jade vert clair.

216 — Pendentif en jade blanc, en forme d'un cœur, ajouré de motifs fleuris.

217 — Petite tasse en jade, flanquée de deux anses à têtes chimériques.

218 — Deux pièces en jade blanc sculpté.

219 — Tabatière en verre blanc sculpté en relief polychrome de motifs fleuris.

220 — Trois tabatières en verre, décorées intérieurement.

221 — Pipe à eau en poterie craquelée, imitant un œuf d'autruche.

PEINTURES ET KAKÉMONO

222 — Peinture chinoise, représentant un Empereur chinois accompagné de deux jeunes serviteurs. Fin du xviiiᵉ siècle.

223 — Grand panneau de satin rouge, rehaussé d'or, montrant un temple au bord de la mer. Fin du xviiiᵉ siècle.

224 — Peinture chinoise, représentant deux chimères jouant. Signé : *Sesshin*. xviiiᵉ siècle.

225 — Peinture sur soie rehaussée d'applications diverses, offrant un très joli bouquet fleuri où s'agitent de nombreux oiseaux. xixᵉ siècle.

226 — Grande figure d'une divinité guerrière regardant une chauve-souris. xixᵉ siècle.

227 — Peinture chinoise, représentant un des Pa'hsien accompagné d'un jeune serviteur et de la grue sacrée. xixᵉ siècle.

228 — Très jolie peinture sur soie, représentant le paradis taoiste, où se voient les huit immortels. xviiiᵉ siècle.

229 — Peinture sur soie, représentant un Fong-hoang et un ibis. xixᵉ siècle.

230 — Peinture, représentant deux philosophes assis sur une terrasse au pied d'une colline escarpée. xixe siècle.

231 — Peinture chinoise, représentant des personnages à cheval, arrêtés dans la montagne et regardant un vol d'oies. Début du xixe siècle.

232 — Peinture chinoise, représentant une touffe de lotus rouges. Fin du xviiie siècle.

233 — Peinture chinoise sur soie, représentant divers oiseaux près d'un massif de lotus. xviiie siècle.

234 — Peinture chinoise, représentant Cheou-lao, un des Pa'hsien, accompagné d'un jeune serviteur. xixe siècle.

235 — Peinture chinoise : Poissons et herbes aquatiques. xviii siècle.

236 — Peinture chinoise : Libellules se posant sur un bouquet fleuri.

237 à 240 — Un lot de peintures chinoises diverses. (Sera divisé.)

241 — Un lot de cartes géographiques chinoises.

242 — Peinture chinoise ou toile, représentant une exécution capitale.

ÉTOFFES DIVERSES

243 — Manteau de mandarin chinois en soie brochée bleu clair doublé de fourrure.

244 — Autre manteau de mandarin en soie brochée prune, doublé de fourrure.

245 — Petit tapis en drap rouge brodé en soies bleues camaïeu de motifs fleuris stylisés.

246 — Grand bandeau de satin rouge, décoré en application de velours noir d'une inscription chinoise.

247 — Carré de coussin en satin jaune brodé en polychrome de paons et de motifs fleuris.

248 — Deux bandeaux (réunis) en satin rouge, brodés de motifs fleuris et d'oiseaux.

249 — Quatre autres bandeaux similaires, sur satin jaune.

250 — Sept petits devants de toile brodée.

251 — Manteau en fourrure.

252 — Panneau en satin rougeâtre, décoré en velours noir d'une inscription chinoise.

253 — Un autre panneau similaire sur crêpe broché cerise.

254 — Vêtement chinois en toile blanche.

255-256 — Un lot de petites pièces diverses : souliers, étui à lunette, étui à éventail en broderie et passementerie.

257 — Très jolie jupe chinoise du xviiie siècle en crêpe broché vert, brodé en polychrome de motifs fleuris.

258 — Mantelet chinois brodé en polychromie de dragons serpentant au milieu des nuages. A la partie inférieure, un effilé polychrome.

259 — Grande portière en crêpe broché crème, décorée en application de bouquets fleuris polychromes. xviiie siècle. — Dimensions 2 m. 20 cent. sur 1 m. 10 cent.

260 — Objets omis.